纸船，

纸鹤

大卫·阿尔蒙德作品

大卫·阿尔蒙德作品集

纸船，纸鹤

〔英〕**大卫·阿尔蒙德** 著

〔英〕**基尔斯蒂·比乌蒂曼** 绘

徐如梦 译

人民文学出版社
PEOPLE'S LITERATURE PUBLISHING HOUSE

献给早川敦子

著作权合同登记号　图字 01-2024-0807

PAPER BOAT, PAPER BIRD

First published in Great Britain in 2022 by Hodder & Stoughton
Text copyright © David Almond, 2022
Illustrations © Kirsti Beautyman, 2022
All rights reserved.

图书在版编目（ＣＩＰ）数据

纸船，纸鹤 /（英）大卫·阿尔蒙德著；（英）基尔
斯蒂·比乌蒂曼绘；徐如梦译 . -- 北京：人民文学出
版社，2024
　　（大卫·阿尔蒙德作品集）
　　ISBN 978-7-02-018575-7

　　Ⅰ . ①纸… Ⅱ . ①大… ②基… ③徐… Ⅲ . ①儿童小
说－短篇小说－英国－现代Ⅳ . ① I561.84

中国国家版本馆 CIP 数据核字 (2024) 第 063972 号

责任编辑　　卜艳冰　　王雪纯
装帧设计　　李苗苗

出版发行　　人民文学出版社
社　　址　　北京市朝内大街 166 号
邮政编码　　100705

印　　刷　　杭州钱江彩色印务有限公司
经　　销　　全国新华书店等

字　　数　　35 千字
开　　本　　889 毫米 ×1194 毫米　1/32
印　　张　　3.125
版　　次　　2024 年 5 月北京第 1 版
印　　次　　2024 年 5 月第 1 次印刷

书　　号　　978-7-02-018575-7
定　　价　　35.00 元

如有印装质量问题，请与本社图书销售中心调换。电话：010-65233595

　　京都。京——都——！不可思议，这里竟让米娜有了家的感觉。她还是那个米娜，但身体里的另一个她似乎在等待被这个地方重新发掘或塑造。

　　"这就是旅行的意义，"她妈妈说，"旅行把世界变成另一番光景，也把你变成另一种模样。"

今天早上，她们去金阁寺。母女俩挤上一辆公交车。米娜在过道上动弹不得。妈妈观察着路上的车站牌，生怕错过金阁寺站。她时不时扭过头，视线穿过密密麻麻的人群，落在米娜身上。米娜朝她摆摆手：别担心，瞧，我好好的。

米娜身旁坐着一位女士。女士似乎完全沉浸在自己的世界里，一言不发地折着一张纸。

女士把纸对折，边对边、角对角。她把纸展开又合拢，轻轻一拉，略微调整，就把纸折成了某种形状。她嘴唇翕动，仿佛一边手指翻飞，一边默默唱着什么。很快，她做好了一只纸船。她把纸船放在掌心，轻轻地摇晃着，一会儿向后，一会儿向前，一会儿向上，一会儿向下。她仿佛坐在船上，而不是公交车上。纸船好像行驶在车中一条无人知晓的小河上。

女士感受到了米娜的视线。她微微一笑，点了点头。

"空尼奇瓦*！"她说。

米娜也笑着点点头。

"空尼奇瓦！"

* 日语"こんにちは"的译音汉字，意为"你好"。

嘴唇、喉咙和舌头干净利落地念出这句话，让米娜产生了一种微妙的感觉。为了再感受一次嘴里的动态，再听一次发音，米娜又说了一遍。

　　"空——尼——奇——瓦——"

女士把纸船捧到米娜面前。

给，收下吧。她用眼神说道。

米娜接过纸船，把它放在掌心。

"阿里嘎多*！"她说，"阿——里——嘎——
多——"

让船开起来吧。女士用眼神说。

* 日语"ありがとう"的译音汉字，意为"谢谢"。

就这样，纸船在米娜周围狭窄的空间里“航行”。乘客下车了，地方空了，“水”也涨了。

女士笑了，无声地鼓起掌来。随后，她又开始折纸——折叠、压痕、轻拉、微调。她会不时停下手里的动作，让米娜看清楚每种折法、每条压痕、每种拉法和每次调整。瞧，女士说，就这样折好了。米娜注视着她的手指，丝毫没有注意到四周的乘客渐渐散去。京都也这样散去了。

公交车也散去了。米娜想象自己变成了女士手中的那张纸，被折叠、被压痕、被轻拉、被微调、被做成某个形状，变成了纸人米娜。

也许，女士知道米娜在想什么。她那双含笑的眼睛望进米娜的眼里，似乎已经洞悉了一切。

女士手中的纸，变成了翅膀尖尖、鸟喙尖尖的纸鹤。她用指尖捏着纸鹤，让它在米娜身边穿梭飞翔。她让纸鹤飞向米娜。

给，她用眼神示意，让它飞吧。

"阿里嘎多！"米娜说。

她接过纸鹤，它仍随着女士的指尖震颤。鸟儿在米娜指间翱翔，她身旁是空灵的气流，是绵延的水波。

公交车"嘘"的一声，停了下来。那位女士耸了耸肩，微笑着站起身。

"撒由那拉*。"

她给米娜留下几张纸。

"撒——由——那——拉——"米娜说，"阿——里——嘎——多——"

女士挤到车门口，一脚踏进了车外熙熙攘攘的人群中。

车窗上映照着米娜的身影，她看看自己，也看着车外的街道。人群中，那位女士时隐时现。随着路上的人越来越多，公交车也行驶起来，米娜已看不见女士了。

* 日语"さようなら"的译音汉字，意为"再见"。

米娜小心翼翼地把纸船和纸鹤压平，和剩余的手工纸一起夹进她的速写本里。

公交车穿过繁忙的街巷和喧闹的声音，经过摩天大楼、旅馆、花店、闪烁的灯火、骑自行车的人、艺伎、寿司店、小混混、电影院、雕像、旅行团、汉堡店、灯笼、弹珠游戏店、神社、路标、卡车、公交车、轿车、人群。

米娜见证了这光怪陆离的一切。有些是熟悉、亲切的，有些却是陌生、奇异的。公交车慢慢悠悠地摇摇晃晃。身旁的乘客也随之摇摇晃晃。身临京都，她欣喜若狂！她还记得飞机呼啸着穿过云层，把英格兰留在了她的身后。

18

接着，他们飞越海洋、穿透天际、翻越高山、跨过下方的一座座城市和一个个国家。此刻，故乡已在地球遥远的一端，而他们身处日本。她第一次见到日本时，还在高高的云层上，晨光熹微。远处，那个国家仿佛漂在地平线上。

"日——本——"她喃喃道，"京——都——！"

她能感到气流冲破双唇的阻滞，想象着世界在无边的空间中翻转、再翻转。她内心充盈着巨大的空静。

"米娜，"妈妈喊道，"米娜，我们到了！"

乘客侧过身子，让米娜走过去。

"我来了。"她说。

她们走向寺庙的园林。

"跟上来，"妈妈说，"别走丢了。"

米娜把可爱的折纸给妈妈看。

她让小船漂了起来，让小鸟飞了起来。

他们买好了门票，门票上有景点的名字和照片，还有看不懂的漂亮文字。

他们走过一道道大门，脚下的砾石发出咯咯的声响。庭院里有奇石、松树、小径、石灯，还有湖泊和金阁寺，金阁寺的后方有树木，有山冈，还有漆黑、遥远的群山和天幕。

"这座寺叫金阁寺。"妈妈说。

"金——阁——寺——"米娜说。

"寺里有佛祖的骨灰。1950年，寺庙被一个悲愤的和尚焚毁，之后重建了。虽然现在的寺庙是新建的，但人们认为，它还是建在旧址上的。"

人们奇特的想法和金阁寺美好的景致让她惊叹不已，让她微笑。

"也许，这就告诉我们，没有什么东西会彻底消失，万事万物终将回归。"

"也许吧。"米娜说。

如同往常一样，米娜想起了故去的父亲。他若健在，一定也会爱上这个地方的。接着，她的思绪回到了寺庙。

　　湖中倒映着金阁寺。整个世界、整片天空仿佛漂浮在湖里的世界和湖里的天空上。米娜低头望着湖水，湖里的那个米娜也正昂头望着她。

"空尼奇瓦。"她喃喃道。

"空——尼——奇——瓦——"另一个米娜用同样的口型说。

这时，在湖光中，倒影中的妈妈正看着她。米娜看得出来，她们是多么相似，她们正倒映着彼此。

"空尼奇瓦！"母女俩说。

不管是在湖上的庭院里，还是在湖中的庭院里，母女俩都咯咯地笑起来，抱住了彼此。

妈妈在院中信步。米娜坐在湖畔的石块上，观察着往来的游客。一名男士和一个男孩在她身旁蹲伏下来，聚精会神地望着湖泊，仿佛急切地搜寻着什么。当然，许多游客也是这样，就好像湖水把他们吸了进去。这时，男士和男孩站起身，男孩作势要跳进湖里，男士一把拉住他。两人都轻声笑了起来，可笑声中又透着一抹淡淡的哀伤。没多久，他们便走开了。

男孩从米娜身边经过时，她和他对视了。

"空尼奇瓦！"她喃喃道，可他正若有所思，并没有听到。

米娜给寺庙画了幅画。她一边画，一边念着寺庙的名字——金阁寺。画完，又把名字写了下来。就这样，图画、名字、声音、运笔融为一体。

她还简单记录了刚才车上发生的一切：京都拥挤的公交车、折纸的女士、从掌心飞出的小鸟。

她从女士给她的纸里抽出一张，写下了一段话。

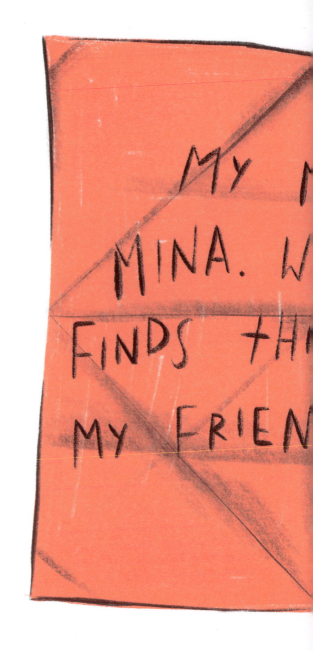

MY N
MINA. W
FINDS TH
MY FRIEN

AME IS

OEVER

WILL BE

FOREVER

我叫米娜。发现这张纸的人，会成为我永远的朋友。

边对边、角对角，她把纸张对折，做成了一只小船。她远不如那位女士折得精巧，但也保留了一两分的神韵。她又抽出一张纸，继续折了起来。

在这张纸上，她只是简单写下了"米娜"。

她折了一只小鸟。当然，小鸟也不那么精巧，但能看得出模样。

她看着这世界，眨了眨眼，又定睛望去。她想象整个世界是用折纸做成的：纸寺庙、纸树、纸石头、纸人，都在纸的世界里被折叠得整整齐齐的。这样的幻想，让她欣然一笑。

她把小鸟放在船上，站起身。

园林里，有一条条潺潺的小溪。她跪在其中的一片溪水旁，小心翼翼地把船放进去，任它漂走。

"撒由那拉，"她望着纸船和纸鹤乘着流水，穿过石块和松鼠，"撒——由——那——拉——"最后，它们消失在米娜的视野中。

接着，她听到妈妈的声音：

"米娜！你在哪儿？"

米娜赶紧跑回湖边，摆了摆手。

"我在这里！"她喊道。

"我在这里！"水中世界里的米娜
也无声地喊道。

那天晚上，她们吃了寿司和生鱼片，还有一些几乎看不见却风味浓郁的小碎屑。她们穿过人流、穿过酒吧和百货商店，走回了家。母女俩住在一座小木屋里，小木屋坐落在市中心附近的某条小巷里。屋子里只有零零星星的小房间，昏暗的灯火照着地上的榻榻米。浴室里有石浴缸。

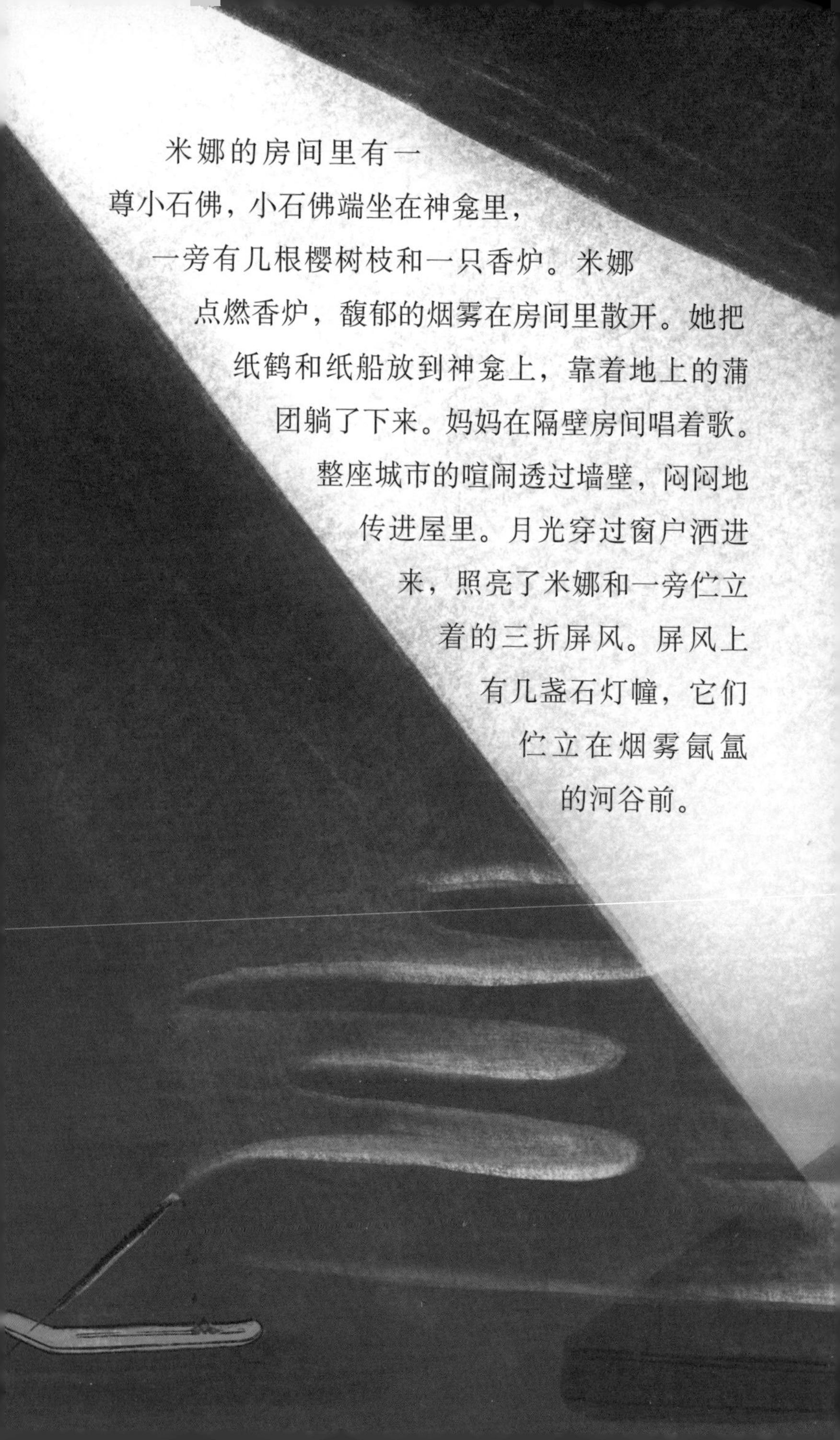

米娜的房间里有一
尊小石佛，小石佛端坐在神龛里，
一旁有几根樱树枝和一只香炉。米娜
点燃香炉，馥郁的烟雾在房间里散开。她把
纸鹤和纸船放到神龛上，靠着地上的蒲
团躺了下来。妈妈在隔壁房间唱着歌。
整座城市的喧闹透过墙壁，闷闷地
传进屋里。月光穿过窗户洒进
来，照亮了米娜和一旁伫立
着的三折屏风。屏风上
有几盏石灯幢，它们
伫立在烟雾氤氲
的河谷前。

远处山峦叠起，犬牙交错。曙光映照着鹤的侧颜，它们双腿纤长、鸟喙纤长、脖颈纤长，似乎振翅穿梭在两个世界中。

米娜入睡后，梦见了远去的纸鹤和纸船。她还梦见自己成为那位折纸的女士。她折呀，扯呀，撕呀。她摊开双手，托着自己的作品：瞧，就是这么折的。在梦境深处，她折了一个黑头发、黑眼睛的男孩。

男孩笑吟吟的。

米娜也冲着他笑。

"空尼奇瓦！"她说。

唇齿的微动，带出一股气流，传出一阵清脆的声响。

"空尼奇瓦！"

随即，她落进一个吞噬万物的幽黑湖泊中。

第二天一早，那个男孩在京都边上的琵琶湖中游泳。在波光粼粼的湖面上，他畅快地游着。他深吸一口气，扎了一个又一个猛子。他喜欢游到深处，上方亮堂堂，下方黑黢黢，四周有银闪闪的鱼儿。他喜欢钻出水面，喜欢游进弯道，喜欢潜入水里。

早上，时间并不充裕。男孩的爸爸已经在喊他了。

"小都！小都！"

小都爬上湖岸，蹲在一边，用两根木棍不停地敲击。

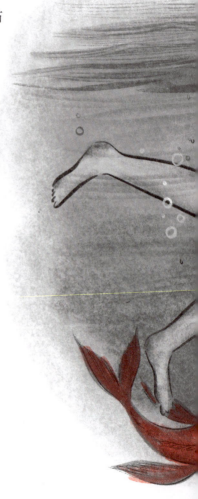

47

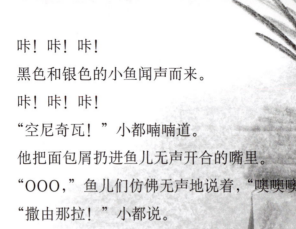

咔！咔！咔！

黑色和银色的小鱼闻声而来。

咔！咔！咔！

"空尼奇瓦！"小都喃喃道。

他把面包屑扔进鱼儿无声开合的嘴里。

"OOO，"鱼儿们仿佛无声地说着，"噢噢噢。"

"撒由那拉！"小都说。

他正要离开，一艘小小的纸船浮现在水面上。

他俯身拾起纸船，里面有一只纸鹤。

"小都！"爸爸喊道，"我们要走了！"

小都起身望向爸爸，爸爸站在浅滩上，旁边是他们的浴巾。

"小都，你在哪里？"

"爸爸，我在这里！"

小都跑了过去，擦干身上的水渍，穿上了衣服。他们坐上车驶往京都。

在路上，小都仔细翻看着纸船和纸鹤，爸爸
瞥了一眼。

"折纸啊，"爸爸说，"折得不太好嘛！"

"还湿漉漉的……"小都正说着话，纸船便在他的指间塌软下来。他拆开纸船，发现里面有斑驳洇湿的字迹。他在学校里上过英语课，可是纸上的大部分单词都模糊了，已看不清楚是什么意思。他只能勉强辨认出"我""米娜""永远"的英语单词。

他在纸鹤里也找到了那个单词。

"又是'米娜'。"他说。

小都把纸鹤折回原样，让它在车内狭小的空间里飞了起来。

"小心点，"爸爸说，"别影响我看路。"

街上熙熙攘攘，路上车水马龙，车辆缓缓前行。爸爸不停地看手表。

"我们要迟到了，"爸爸说，"她会以为我们把她忘了。"

"不会吧！"小都说。

小都想起了折纸里面的文字。那应该是英语吧。写字的人可能是个女孩。他托着纸鹤从自己眼前飞过，好像依稀能感受到折纸人指间的震动。他想着那个女孩，她的形象也逐渐浮现在他脑海中。

当小都和爸爸驶近京都的中心地带时，车子缓缓地从米娜和她妈妈的身旁驶过，母女俩正站在鞋店和银行中间的那座小寺庙前。当然，他们互不相识。母女俩已摇过寺庙屋檐下的铃铛，还开开心心地打开运势纸，知晓了自己的幸运数字。

米娜往碎石金鱼池里扔了枚硬币。小都就这样注视着她。女孩的举手投足和低眉颔首的样子，都让他觉得似曾相识。小都捏着纸鹤，继续飞呀飞。

突然，米娜转过身子，看到了在车里玩纸鹤的那个男孩。

　　她屏住呼吸，眼看着车辆驶进拥挤的车流，渐渐露出了微笑。

　　"谁都会折纸鹤的。"她说。

不一会儿，小都爸爸开的车穿过地下隧道，驶进了巨大的螺旋形地下车库。车子开到六层，他们才找到空位。接着，他们冲上扶梯，在百货商店里弯弯绕绕地往上走，一直到达了露台。

在屋顶的咖啡馆里，小樱阿姨坐在桌旁。她点了一壶咖啡，加了两个杯子，还有一杯柠檬汁。看到父子二人，她站起身来，微笑着朝他们鞠躬。小都的爸爸不停地赔不是，但小樱阿姨拉住他的手，说没关系，没事的。

"早上好，小都，"她说，"今天下水玩了吗？"

"是的。"小都说。

她指了指柠檬汁。

"给你点的。"她说。

小都谢过她。两人还是有些尴尬。小都玩着纸鹤，小樱阿姨和爸爸笑着谈起他们共同看过的神秘戏剧。

小都拆开纸鹤，把自己的名字写在"米娜"的旁边。

随后小都把纸鹤原样折起，悄悄起身，走向栏杆。他心想，小樱阿姨也不错，爸爸又展露笑容了。小都明白，该来的总会来。

他俯瞰着美丽的京都：拥挤的街道、摩天大楼、闪烁的灯火、庭院。他看到了金阁寺，甚至觉得自己都能看清金阁寺在池中的倒影了。

小都捏着纸鹤举过护栏，手腕一松，纸鹤飞了出去。

米娜和妈妈正手牵着手，开开心心地在散步。米娜会一如往常地，想象爸爸也在自己身边。妈妈买了一幅富士山的印刷画。米娜买了些漫画书，有一本是双语的。英语的从左往右翻，日语的是从右往左翻。翻到中间，故事就结束了。

米娜和妈妈喜欢人群、商铺、公交车、美食和庙宇。她们热爱这片喧闹之中的寂静。今天是她们在京都的最后一天。明天，她们就要搭乘新干线去广岛，不过内心仍记挂着京都。

米娜一边走，一边抬头望向天空。她发现有一只纸鹤在摇摆、下落、旋转、飞翔。小小鸟的背后是一片无垠的空间，它远及英格兰，高及星汉。

米娜伸出手，纸鹤的尖尖碰到了她的指尖。她立刻抓住纸鹤，又展开手，让它立在掌心。

"不可能吧。"妈妈说。

可它确实是那只纸鹤。米娜把它拆开来，看到里面写着她的名字，旁边还有一个认不出的美丽字符。

两人都定定地瞪大双眼，说不出话来。

随后，她们继续漫步在充满神秘的京都街头。

小都和爸爸、小樱阿姨走下了扶梯。小樱阿姨提议去金阁寺走走，但是爸爸一笑置之，说不想再去那里了。于是，他们决定去麦当劳和电影院。小都知道，他们这么做是为了照顾他。其实没关系的。他和小樱阿姨的相处已经不那么别扭了。他甚至有些喜欢上她，也为爸爸感到高兴。

　　他们穿越人海，走到人行道上等绿灯，等待横向的车辆停止前行。米娜和妈妈在对面等候。

信号灯跳转，在空荡荡的天幕下，在拥挤的城市里，两股人流涌向彼此。

米娜和小都看到了对方。

他们停下脚步，身后的大人也跟着停了下来。

"空尼奇瓦！"米娜说。

"空——尼——奇——瓦——"米娜说。

后 记

　　故事发生在日本京都的一辆公交车上。车里很拥挤，我们只能站着。车外，马路上行人熙熙攘攘，车辆川流不息，一路上有神社，有面馆，有弹珠游戏店，有霓虹灯牌，有高楼大厦，还有巨幅广告牌。车子开开停停。一位女士静静地坐在车窗旁，低头折着方纸，折了一下、两下、三下，折出了野兽、小船和小鸟。我和七岁的女儿弗雷亚就在一旁。她看得入了迷。女士注意到我们的目光，和我们对视片刻，点点头，笑了笑，又继续折纸。

　　过了一会儿，她抬起头，伸手把一只纸船放在弗雷亚的掌心。

"阿里嘎多！"我们小声表达谢意。

女士站起身，笑着朝我们弯腰示意，随后走下车，消失在人群中。

我们惊喜地望着这份无与伦比的礼物。这一刻将会永远镌刻在我们心中。当然，当时的我不曾想过，这件事会让我写出《纸船，纸鹤》。可是世间的故事总是神秘莫测、耐人寻味的。之后，当我真的开始创作时，便觉得故事了然于心，落笔成书。

那是我第一次去日本。正值春季，樱花盛开。我在广岛的一所学校工作了一周，之后便四处游玩、闲逛。我们坐新干线穿过富士山，参观了路边的小小神社和大门建在海里的恢宏寺庙。我们去剧院，看歌舞伎表演。那场演出充满了生命力，生动演绎了关于战争和杀戮的故事。黄昏时分，我们在一座寺庙的庭院里观看能剧，幽灵从黑暗中闪现，在昏暗的灯光下影影绰绰，人们的声音透着诡异，动作异常缓慢，音乐令人难忘，似乎全来自另外一个世界。我们吃了奇特的食物，买了不少精美的日本文具。我们去了京都的金阁寺，那座和湖中倒影相映成趣的著名寺庙。

我们爱上日本了。一路上，不知不觉间，我都在为即将要写的故事累积素材。一路上，我们都带着那只纸船，一直把它带回了家。

第二次去日本，是因为我的舞台剧《当天使坠落人间》就要在那里上演。扮演史凯力的是一名舞者。观看彩排的时候，我感到史凯力和能剧里从暗处走向亮处的幽灵有一种莫名的联系。太奇怪了，太奇妙了。《当天使坠落人间》的故事背景是我的家乡——遥远的纽卡斯尔，而纽卡斯尔的史凯力和迈克尔，就要在这里获得新生了。在这里，米娜用日语畅谈威廉·布莱克、飞鸟、喜悦和对自由的渴求。

第三次去日本，是应早川敦子教授之邀，前往津田塾大学工作一周。津田塾大学是日本第一所面向女性开放的高等学府。有些学生的论文主题，就是我的作品。我很享受在那里的时光，我喜欢和年轻人聊写作、书籍和戏剧，喜欢体验故事冲破国境、语言、历史的壁垒，把我们所有的人凝聚在一起。和其他艺术形式一样，故事能凝聚人心。故事象征着人心中的乐观和希望。它们抵抗着毁灭的力量。

这次去日本，我经历了此生最特别的事情之一。日本皇后美智子邀请我去皇宫。去见皇后？不知道那会是怎样一幅场景！他们的要求会不会很严苛、气氛会不会很正式？我们能恰当地彼此对话吗？当然，我知道，我必须去见她。

敦子的儿子佑介驱车带我们去皇宫。我们穿过车流、人流，穿过一道道宫门和一片片精美的庭院。没有任何仪式，无须任何礼节。一名笑容可掬的皇宫侍卫带我们走进一间狭小、洁白、安静的房间。透过窗户，能看到屋外有个小院子。我们坐了下来，不久，皇后就进来了。她穿着一条简朴的裙子，面带微笑，热情地和我握手。她的声音柔和，充满了善意。有人端上了茶和糕点。皇后谈起了我的作品，说她喜欢《当天使坠落人间》，之后还聊到了她喜欢的其他书。她也写诗、写故事，还曾把其他地方的作品翻译成日文。我们探讨了童书的意义。

她在第 26 届国际儿童读物联盟（IBBY）大会上发表过精彩的演讲，她说：

"有时，一本书能赐予孩子扎实的稳定感和安全感。有时，它却能给孩子飞向任何地方的翅膀。"

没错，书本让我们感到安全和自由。

在和这样一位智慧、和善的女性相处时，我自然而然地放松下来。她说起了世界的美好，说起了她国家的灾难——战争、地震和当时的福岛海啸。她坦诚地讲述自己的故事。我把一些书背后的故事分享给她听。这样的沟通真是太奇特、太美妙、太意外了。我和皇后显得很亲近。

谈及某些话题时，她会叹口气，朝着窗外的花园点点头。

"真希望花园可以变得更加生气蓬勃，"她说，"米娜一定也是这么想的。"

我哈哈大笑。

"没错，她一定是这么想的。"

接着，她说道："大卫，我觉得自己就是

米娜。"

我屏住了呼吸。我听很多人说过这样的话，不管他们是孩子，还是大人，不管来自社会哪个阶层，不管来自英国，还是来自其他国家。我觉得自己就是米娜。现在，这句话被美智子皇后说了出来，就在日本的中心位置。也许，我俩都觉得，米娜就在屋里陪伴着我们。

我在皇宫里待了一小时后离开了。

我们坐车回到了喧闹的都市。

我牢牢记得她的话语和声音，以及与她相处的情景。我把这一切带回了英国。

也许，命中注定我要为米娜写一个新故事，故事里的她会去日本旅游。米娜没有去皇宫，而是和我的女儿弗雷亚一样，待在拥挤的公交车上。有一位安静的女士坐在窗边，折纸船、动物和纸鹤。她发现米娜在看她，于是微微一笑，把那只折得无比精巧的纸船放在米娜的手心。"阿里嘎多！"米娜表示感谢。

故事就这样开始了。

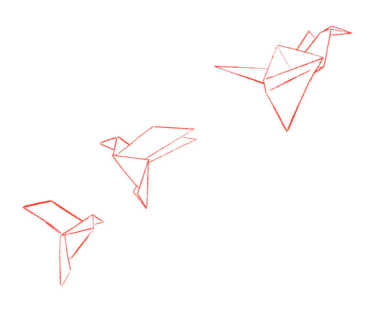